(entre)

natércia lacerda

(entre)

TINTA
negra

Grafia atualizada segundo o Acordo Ortográfico da Língua Portuguesa de 1990, em vigor no Brasil desde 1º de janeiro de 2009.

EDITORA: Laura van Boekel
EDITORA ASSISTENTE (ARTE): Juliana Pegas
ILUSTRAÇÕES, DESIGN DE CAPA E MIOLO: Fernanda Mello
REVISÃO: Alessandra Volkert

CIP-BRASIL. CATALOGAÇÃO NA PUBLICAÇÃO
SINDICATO NACIONAL DOS EDITORES DE LIVROS, RJ

L139e

Lacerda, Nathercia
(entre) / Nathercia Lacerda. - 1. ed. - Rio de Janeiro : Tinta Negra, 2020.
104 p. ; 21 cm.

ISBN 978-65-87370-02-6

1. Romance brasileiro. I. Título.

20-66045 CDD: 869.3
CDU: 82-31(81)

Camila Donis Hartmann - Bibliotecária - CRB-7/6472
19/08/2020 21/08/2020

Tinta Negra Bazar Editorial
[marca do Grupo Editorial Zit]
Av. Pastor Martin Luther King Jr., 126 · Bloco 1000 · Sala 204
Nova América Offices · Del Castilho
20765-000 · Rio de Janeiro · RJ
T. 21 2564-8986
grupoeditorialzit.com.br

Impresso no Brasil/*Printed in Brazil*

Para Di
Para Dita
Irmão e irmã

À mulher que cantava numa
grande avenida de Stuttgart.
Aos das esquinas do Rio de Janeiro.
Aos andarilhos do planeta Terra.

Agradeço à minha irmã, Edith (Dita), e ao meu companheiro, Marcos, pelas inúmeras leituras e sugestões.

Agradeço à Regina, Natasha e Ainoa, mulheres de três gerações, que propiciaram a mim e ao meu companheiro os momentos vividos na Casa das Flores e em terras de Strasbourg.

Agradeço à Laura van Boekel, parceira na feitura deste livro.

Agradeço a Sérgio França que soprou o vento que leva essa história para os longes.

Giro

Strasbourg

(2016)

Ana acorda em sobressalto. Solta um grito abafado e busca ar para retomar a respiração que lhe escapava. Anota, em um pedaço de papel, as imagens intensas e embaralhadas que lhe assomaram ao sono entrecortado. Sonhara mais uma vez com Antônio. Está exausta e atordoada. Levanta-se em lentidão; sente-se uma sonâmbula. Come algo leve, veste-se e sai de casa sem rumo. A primavera floria os parques com a vivacidade das brotações. Senta-se em um banco às margens do Reno. Esforça-se por se acalmar, não havia outra solução. Os tempos são turbulentos. Observa as águas que seguem adiante e lembra-se que, na língua celta, Reno significa fluir. Sim, era preciso deixar a angústia se misturar àquele rio para que o ar voltasse a circular através das fissuras e das gretas que permaneciam abertas. Gostava da cidade que escolheu para viver. As longas caminhadas até o Reno a inspiravam. Ativavam as memórias da pele, fonte de suas encenações. Sempre os olhos nas águas.

De volta à casa, adormece. Percebe-se em um mar desconhecido. Nadava sozinha quando foi surpreendida por um remoinho que a sugava para o fundo. Engolia água; afundava sem forças. Como um corte brusco, viu-se em um reduzido bote que adernava com o peso de muitas pessoas em um mutismo de aflição e expectativa. Antônio estava nele e, por alguma razão, não a via. Esticou o braço para alcançá-lo. Segure minha mão! Segure minha mão! Segure! O bote adernava... adernava... Segure minha mão! Segure!

Stuttgart

(DIAS DEPOIS)

Ana vive entre a França e a Alemanha. Mora em Strasbourg e frequenta Stuttgart. Faz parte de uma companhia de teatro e dança. Tem muitos amigos e alguns amores que a alegram na convivência afetuosa e amorosa. Porém, um vazio indelével alcança dimensões profundas da alma. Sua vida sempre como um entre. Os últimos dias foram difíceis. Ainda sob a sensação dos sonhos, desce na estação ferroviária de Stuttgart e percorre a longa avenida. O frio é cortante. Entra em um café para se aquecer. Pega no bolso do casaco o texto que escrevera em um só fluxo e a partir do qual prepararia uma *performance* corporal. Marcara um encontro com alguns colegas para trocarem ideias e experimentarem coreografias. Antes mesmo de pedir algo quente para beber, seu celular toca. É uma amiga de Antônio. Ana ouve o que ela diz. (...) Desliga o telefone sem emitir um só som, uma só palavra. Paralisada, sente o mundo girar em tonturas. Um giro, outro giro, outro giro, como uma pirueta ininterrupta. A notícia a atravessara como uma faca de gume agudo. Tenta se levantar. Repentinamente sem raiz, não sente os pés no chão. Ana flutua; a terra sem gravidade. Cambaleia, consegue evitar o desmaio, e sai. Uma voz feminina atravessa o ar gelado da avenida. Canta uma canção em idioma árabe com enraizada tristeza. Ana vira-se, guiada pelo lamento melodioso, e avista uma mulher sentada na calçada, enrolada em trajes que certamente não a aquecem o suficiente.

Uma imigrante longe de sua terra, a mendigar e a cantar o seu povo e a sua dor. Ela, Ana, também imigrante, vinda do outro lado do oceano, diante dos parênteses que marcam sua vida.

Na estação, embarca de volta a Strasbourg. O balançar do trem nos trilhos a embala evocando ecos de Antônio. Conversavam muito, mas nunca falavam sobre as perdas comuns, sabiam-se devastados pelas ausências. Compartilhavam silêncios e um oco abismal que, em Ana, se manifestava na derme e a envolvia em uma ardência alastrada para os interiores. E agora? Como seguir sem Antônio? Nutria a sensação de que ele fora forjado em um torvelinho. A partir daquela data, nunca mais veria o vórtice que habitava os olhos do irmão.

Em sua casa francesa, ainda em tonturas e sem conseguir chorar, abre sua redonda caixa de preciosidades e pega os envelopes enviados por Antônio nesses anos de distâncias geográficas, entre fronteiras incertas. Longas cartas a perdurar afetos. Cultivavam esse hábito. Existências ao alcance das mãos. Pegá-las e acarinhá-las era como tê-lo perto. Inúmeras vezes, Ana dormira com elas debaixo do travesseiro, como a se proteger e a zelar pelo irmão. Aconchego que aquietava (pelo menos por instantes) a inquietude.

As mensagens de Antônio contavam as tensões de um mundo fragmentado; a participação ativa e solidária. Falava de fios tênues sem ponto de fixação; de águas internas turbulentas; de angústias; de mares e travessias por onde seria preciso passar. De encontros e desencontros. Equilibrismos.

Antônio não tinha endereço fixo. Andarilhava. Sempre (entre). Definiram um acordo prático. Ele enviaria as correspondências ao endereço fixo de Ana em Strasbourg, e ela as enviaria para uma caixa postal em um lugarejo italiano, onde Antônio tinha algum pouso. As cartas escritas à mão, em desuso e quase esquecidas, eram a concretude do outro. A última, enviada pelo irmão, fora postada no correio em data próxima. Ana a relê.

Ao fechar sua caixa, recorda-se da outra (de Antônio), larga e comprida, guardada no apartamento do Rio de Janeiro. Precisava voltar para mirar-se no passado. Antes, iria ao encontro do corpo de Antônio. Ana chora um rio de águas mais longo do que o Reno.

Travessias

Strasbourg

(2015)

A diversidade de idiomas ressoava em Ana como um canto polifônico. O francês e o alemão, do cotidiano europeu em que vivia nos últimos anos, amalgamavam-se ao português e às várias línguas de imigrantes. Adotara o hábito de gravar vozes com suas sonoridades peculiares para posteriormente juntá-las em edições que avivavam sotaques. A partir delas, exercitava seu corpo buscando plasticidades. Sua rotina incluía a espera e a busca permanente de notícias das fronteiras banhadas pelo Mediterrâneo, mar entre terras laceradas. Desassossegos.

Caminhando a esmo, entra numa livraria como de costume. Qualquer espaço com livros lhe chama a entrar. As lombadas à mostra, organizadas em estantes por assunto, a seduzem. Em um primeiro olhar, se mantém imóvel. Aspira aquele ar repleto de histórias deixando-o penetrar pelas narinas.

Adentra e, como um ritual, inicia sua consulta pela sessão das artes. Deixa-se levar por títulos, capas, temas, autores que admira. Escolhe o primeiro. Antes de folhear o escolhido, Ana sente sua textura, seu peso. Prefere os novos, recém-saídos do forno e ainda não manuseados, com a fragrância do que chega ao mundo para ser conhecido. Absorve seu cheiro como a uma iguaria que atiça o paladar. Lê a primeira e a última frase para depois olhar o meio. Saboreia a leitura de trechos soltos. Deduz as tramas, intui desfechos, prevê conhecimentos.

Naquele dia (não exatamente um dia especial), Ana se depara com uma prateleira de cadernos sem pauta, de formatos diversos, e capas com grafismos instigantes. Costuma fazer apontamentos, mas o faz de forma caótica em papéis de tamanhos e cores díspares. Sempre lisos e sem pauta. Quando não, lança mão de suportes com asperezas que nem sempre aceitam a fluidez da grafia, como os guardanapos de papel. Redige com rapidez palavras soltas, frases incompletas, acontecidos rotineiros. Teme que eles lhe escapem, tragados pelo esquecimento lesto em substituição ao que aflora aos borbotões. Insere indicações que se espalham pelas folhas com a intenção de associar ideias. Antônio era diferente. Era organizado mesmo quando riscava algo ou quando colocava um ponto de interrogação, como se em dúvida (dúvida em manter o escrito; dúvida sobre a informação registrada; talvez, talvez...). Ele era tão milimétrico, tão exato, tão claro em suas intenções. Em seus inúmeros cadernos, Antônio delineava personagens, cenas, cenários, fatos vividos ou inventados, reunindo-os em um todo. Ana sempre desejou ter um caderno organizado como o do irmão, que no futuro pudesse mostrar (para alguém ou para si mesma) seu processo de reflexão e de elaboração. Um caderno possível de ser utilizado como o rascunho de um livro a ser publicado; como a estrutura de uma peça teatral; como uma coreografia em ensaios. Tentara em vão. Pensou (como uma grande ideia) em fixar suas anotações (com cola ou clipe) datando-as. Não teve sucesso. Seus garranchos ligados por asteriscos e setas não seriam entendidos nem mesmo por ela. Admirava autores que descreviam seus sistemas de criação, expondo de forma clara as ideias preliminares. Em um deslocamento rápido, Ana pega o caderno com capa em arabescos, paga e sai às pressas como que atrasada para um compromisso.

Meio sem pensar, como a seguir um instinto, toma o caminho de casa. Confortável em sua poltrona com almofadas e luminária ao lado, pega o seu recém-adquirido caderno e o toca como em um primeiro encontro cercado de dúvidas. Acaricia-o. Passa os dedos em cada página em branco a pressentir o ainda ignorado conteúdo.

Dias depois, sorvendo um chá em uma nova livraria no bairro onde mora, resolve começar. Testa rabiscos compondo os espaços entre palavras. Inaugura o caderno com fragmentos (sem) (em) conexão. Decide lidar com seu caos íntimo buscando (nessa inesperada experiência com o caderno) uma unidade que fizesse algum sentido, um trançado possível entre os ligamentos rompidos. Riscos não como setas aflitas e confusas a apontar a esmo, mas como vetores que acionam dinâmicas. Traços em espirais como rotações das junções da estrutura óssea. Letras soltas a serem conectadas em invenção de sentidos. Pontos. Sim, também pontos, como partículas subatômicas, a formarem rotas de contatos em busca de completudes. Rabiscos em dança; como entrelaçamento e difusão.

Rio de Janeiro

(2017)

Ana chega ao Rio de Janeiro debaixo de um temporal. No táxi, busca antigas referências encobertas pela espessa cortina aquosa. Era como se anos de água represada desabassem de uma só vez em espessidão. Ana pensa: "Tanto tentei esquecer esta cidade que agora ela se esconde de mim!"

O táxi estaciona diante do prédio de poucos andares. "Obrigada", ela diz ao taxista. O entrar no edifício reacende o cheiro da lavanda aspergida diariamente pelo antigo zelador. Lembrava-se. Nada fora esquecido. Um mundo à flor da epiderme.

Defronte da porta, pega a chave sempre guardada no fecho interno da bolsa em uso. Nunca se separara dela, como se a qualquer momento fosse necessário usá-la. Gira-a na fechadura. Entra com leveza como se atravessasse séculos. Na sala vazia, apoia a bagagem. Percebe os anos acumulados no piso acobreado de tacos de madeira. Tira os sapatos e anda com cuidado. A sola dos pés identifica a superfície. Pressente visagens e espasmos de saudade e apreensão. Abre as janelas e olha as copas das árvores. Após tantos anos, inala o ar do Rio sob a chuva. Distingue os tons de verde na torrente. Sente sua musculatura frouxa. Deixa-se escorregar para o contato com o chão, quase ouvindo o passar dos minutos, segundo a segundo. Concentra-se imóvel antes de acionar ínfimos gestos dotados de acentuação precisa. Atenta, articula membros e descola do assoalho vértebra por vértebra. De pé, braços ao longo do tronco, deixa o peso de sua cabeça pender para o lado esquerdo. Cerra os olhos e tateia o espaço. Com a ponta dos dedos, percorre as frinchas, as bordas, os batentes, os rodapés; reconhece as quinas. Entreabre as pálpebras e, de soslaio, olha através das frestas, das fechaduras. Como um som longínquo que reverbera, Ana reaviva o lume de cenas caseiras, diálogos entrecortados ou sussurrados. Ouve a voz de sua avó: "Ana! Você chegou? Antônio está à sua procura." De forma vagarosa, desloca-se pelos cômodos. No armário, misturados, os cheiros – da mãe em uma blusa e do pai em um lenço que ele usava no pescoço – perduraram. A avó guardara alguns pertences da filha e do genro. Presenças. Ana havia guardado as alianças dos avós. Talismãs.

Ana imerge na trilha de recordações difusas. Embaralhadas ou nítidas a se espiralarem em ciclos. Ainda na infância, Ana e o irmão diante de uma perda devastadora.

Viveram os seis naquele apartamento – Ana, Antônio, a mãe, o pai, o avô e a avó – até que... passariam a ser quatro. Havia também a casa florida onde tentaram (em vão) apaziguar a dor e o medo. Tudo era tão recente; tão grudado à extensa membrana que cobre o corpo.

Ana permanece longos períodos sem sair à rua. Observa a urbe através da ventana e se deixa inundar pelo seu som ruidoso. Chegara a um Rio em convulsão. De longe, entre paredes, acompanha as notícias. Bombas e gás. Correria. Polícia e manifestantes. Alta taxa de homicídios. Cenas de uma guerra civil. Nas ruas do Rio de Janeiro, lembranças de um passado vertiginoso e angustiante. Medos revividos. Vislumbra a mãe correndo, o pai tentando estender a mão para alcançá-la. Não acredita no que vê (revê). Vivencia o reencontro com antigos fantasmas tendo que encará-los de frente; olho no olho (como Antônio fazia). Voa aturdida em um trapézio sem rede de proteção. Abrigada do turbilhão, acalma-se em um banho quente.

Na sala vazia, locomove-se como em um ensaio de algo ainda sem nitidez; deslocamentos no ar. A cada dia ousa um bailado ainda difuso.

Quando finalmente na rua, vai ao centro antigo buscar essências para aromatizar os ambientes: alfazema, flor de laranjeira, sândalo. Sua avó a apresentara à loja e a ensinara as misturas. Na adolescência, a organização da mesa, o ritual de preparo com a avó, ajudava a passar a sempre interminável espera. “Vó, onde eles estão?” Os perfumes entorpeciam a angústia. Antônio, ainda garoto, abstraía-se na feitura de miúdos títeres que cabiam em suas mãos.

O anoitecer encontra Ana inebriada com as fragrâncias. De forma quase imperceptível, inicia movimentos que respondem aos burburinhos noturnos. Seus músculos têm desejo de oscilação. No amplo do cômodo, feixes amarelados dos postes de luz adentram pela janela. Ana se move sem intenção ou pensamento definidos. Reflete-se como sombra nas paredes. Seu dorso alterna suavidade e tensão em uma dinâmica marcada por pausas.

Jardim dos avós

(INÍCIO DOS ANOS 1970)

Levaram os netos para uma pequena residência longe da ebulição e dos espectros políticos do Rio de Janeiro. Lá as crianças estariam em mais segurança. Clara e Cícero estavam sumidos. Não conseguiam notícias.

O perfume de lavanda (sempre a lavanda) emanado das grandes touceiras lilases, que adornavam a casa, mesclava-se ao aroma do chá de capim-limão colhido no canteiro de ervas. A calma das horas apaziguava os corações em permanente sobressalto. Espalhados pela brisa, flocos de painas flutuavam como uma chuva de penugens.

O avô, brasileiro, estudou filosofia em Strasbourg onde conheceu a avó francesa. Tiveram uma filha que viria a ser a mãe de Ana e de Antônio. Por questões familiares, de que Ana não mais se recorda, o avô precisou voltar ao Brasil.

Clara cresceu brasileira. Já na universidade, conheceu Cícero no curso de História e envolveram-se no fervilhar do engajamento político estudantil. Anos depois, atravessar o oceano seria a opção de Ana e Antônio diante de seus escombros que permaneciam intactos.

Um dia, Clara e Cícero apareceram no esconderijo adornado por girassóis. Decidiram sair do país com as crianças, o cerco estava fechando e o perigo crescia. Voltariam em breve para pegá-los e seguirem em viagem assim que as articulações permitissem. Ana mantinha vívida a lembrança dos preparativos ansiosos e apressados, de um medo intenso sem que ela pudesse compreender o porquê. Não houve tempo para o retorno. Cícero e Clara desapareceram.

Terra estrangeira

(ANOS 1990)

Após a morte de seus avós, os irmãos resolveram morar na França. Precisavam de raízes. Optaram por cultivá-las na terra natal de sua avó, para onde amigos dos pais migraram e se estabeleceram. Fecharam o apartamento e partiram.

Aportaram em solo francês para estudar fotografia e dança. Antônio necessitava reter, documentar, inventariar; guardar detalhes nevrálgicos dos ciclos históricos. Ana constatava a premência de se expressar simbolicamente através da porosidade de sua matéria física que expelia umidades em colorações que somente ela percebia.

Rio de Janeiro

(2017)

Desperta pela insônia, Ana observa os vértices e as arestas das janelas projetadas, em tons de cinza, na cama e no seu torso horizontal e nu. Enleva-se com os sussurros da madrugada. Procura não se mexer. Busca a imobilidade de uma tela que se deixa preencher por geometrismos. Adormece como uma pintura.

Dia de céu claro, sem nuvens, acorda ainda em sono. Levanta seu corpo-tela com cautela. Deixa que a sua estrutura óssea avance em angulações. Os cotovelos, os ombros, os joelhos e o quadril são os protagonistas de uma arquitetura coreográfica. Ativa, Ana prepara a refeição matinal e decide aproveitar a luminosidade do dia. Segue em direção ao mar. Alcança a orla de bicicleta reavivando e reaprendendo as paisagens. As ondas quebram como marola. Nada durante um longo tempo e volta a pedalar. A sinuosidade dos morros recorta o entardecer róseo-azulado. No píer, para diante do espelho de água salobra. Duas paredes rochosas sempre chamaram a sua atenção. Pensa: "Há milhões de anos, emergiram do centro fumegante da terra, quase siamesas. De diferentes pontos de observação, aparecem juntas como a se protegerem; como dois irmãos." Ana se despede. Mais uma vez partiria (agora não mais com desejo de fugir dos vácuos que atormentavam sua psique, e sim com a intenção de uma Ana inteira). Seus elos com o Rio de Janeiro haviam se esgarçado com o tempo e a distância. O retorno libertara a paisagem da metrópole, cenário fixo e rígido de seu desamparo.

Cavaleiros insones

Rio de Janeiro

(2017)

A caixa de Antônio continua fechada em um dos armários. Ana sabe o que há lá: o mundo e suas aflições. Quando ela era adolescente e ele, criança, levava pela mão o irmão que se assombrava e se encantava com o que via nas ruas, e que girava o pescoço observando sempre os mesmos destoantes homens que habitavam os caminhos diários de seus afazeres de menino. Via-se no lugar deles e se perguntava: “Como?” No quarto, empenhava-se em preparar massa de jornal com cola e água. Retalhos de tecidos, lápis, canetas, pincéis, tintas, réguas, compassos, barbantes, palitos e arames de espessura fina eram organizados com critério. Modelava bonecos articulados. Manipulava-os de forma desconexa, como personagens a procura de si mesmos. Encenava que conseguiam se libertar dos cordéis que os conduziam e seguiam livres refazendo-se.

Antônio representava o mundo e suas batalhas, reinaugurando-o em possibilidades fraternas. Simulava nascimentos, nesse mundo reinventado por figuras antes aprisionadas. Seu quarto vivia povoado de cenas. Era costume seu estar entre amigos da mesma idade, porém era na quietude da concentração que dava vazão ao que o afligia. Dedicava-se também a ler e a escrever em cadernos muitas vezes feitos à mão. Desde miúdo, gostava que a irmã lesse para ele: "Lê pra mim?" Proximidades. Era atento às pausas e entonações de Ana. Adorava os romances de cavalaria. Os relatos de façanhas, de lutas travadas contra inimigos em que se incluíam moinhos de vento. Histórias de cavaleiros insones, de moças que se travestiam de homem para a luta. Heróis que manuseavam o baralho de valetes, reis, coringas e damas. Enredava. Pensava nos seres das esquinas, sem cavalos ou lanças, a empunhar agulhas, bordões ou flâmulas; naqueles que cantavam seu desconsolo.

A caixa é aberta em um dia claro; o quarto aquecido por um sol ameno. Ana a abre como quem zela pela intimidade do outro. Revisita figuras, croquis de cidades, mapas com estratégias assinaladas; esboços de um futuro que Antônio escolheria seguir.

Strasbourg

(2017)

Na volta do Rio de Janeiro, Ana encontrou um aviso do correio: “Encomenda a ser retirada.” Uma nova caixa, contendo os cadernos de Antônio com anotações sobre os tempos em campos de refugiados e as cartas escritas por ela. Uma tríade se completava, como um tríptico que conta sobre a unidade Ana e Antônio.

Strasbourg

(2018)

Ana inicia um processo de garimpo, uma prática que manteria por anos a fio. Fio a fio, fiando e desfiando como uma fiandeira de palavras. Destaca breves trechos da volumosa produção textual do irmão e os reordena, em seu caderno de arabescos, atribuindo títulos. Mistura suas palavras às dele em um trançado traçado. Seguiria a vida nesse exercício de buscar a unicidade do duo.

O COSTUREIRO DE TRAPOS

O estilista incansável cirze trapos de chita e seda com as linhas disponíveis. Mãos persistentes, obsessivas em seu árduo labor. Ao terminar, veste-se com seus modelos de grife e caminha descabelado pelas ruas.

O ESPALHADOR DE PISTAS

O andarilho marca a sua passagem amarrando invólucros de produtos aos postes. Observo seu método em incansável lida diária: abaixa-se, dobra os papéis exatamente do mesmo tamanho, e os guarda no bolso da roupa surrada. Certa vez, no ônibus, em meio ao tumulto de um fim de tarde urbano, vi esse mesmo homem exibindo os refugos, criteriosamente organizados em leque, a um menino que o olhava curioso. Àquele olhar valeria abrir o carteado guardado com esmero e apresentado com a precisão de um jogador. Naipes de marcas de empresas armavam o jogo. Mais adiante, dispersaria seu baralho em pilares negros e cinza. Como passante, eu reconhecia os sinais de sua deambulação.

AS FLÂMULAS E O VELHO

Meu olhar, fisgado por bandeirolas ao vento, avista o homem velho que se concentra em sua montagem. Sorriso no rosto de quem aprova o resultado. Quanta leveza! A vaporosidade do plástico branco catado entre rejeitos. Voejam as tiras penduradas em hastes longas e vergadas, formadas pela junção cuidadosa de várias ripas de madeira, galho, bambu. A delicadeza das flâmulas e o peso do pé inchado e doente.

O CANTOR CEGO

Sempre na mesma esquina, o homem de óculos escuros vocaliza e oscila, para a direita e para a esquerda. Apoiado com as duas mãos em uma bengala, sacode uma lata a aguardar moedas dos que passam. Entoa algo que não compreendo e que tento decifrar. Imagino sua cantilena a percorrer profundezas nebulosas.

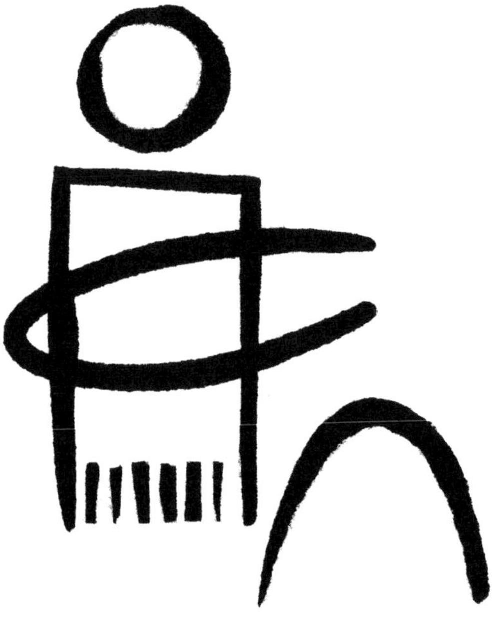

CORTEJO

Como um mestre-sala, o caminhante baila. A cidade como panorama possibilitador de espetáculo. Empunha com elegância a frágil bandeira dos desesperados; esquecidos das esquinas; andarilhos quixotescos. Abre alas e reverencia. Como um passista, troca passos e sorri. Como um truão, voltas e reviravoltas; perna e outra. Entregue ao bailado, percebe no asfalto um diminuto papel, e, num cumprimento exagerado, o alcança. Com cuidado, interrompendo por segundos os passos dançantes, prende-o no estandarte improvisado. E, como em um cortejo, acompanhado por invisíveis companheiros, segue em frente e dança.

Ao mar

MAGMA

Ana pensa nos continentes (e em sua antiguidade) desnudados na superfície dos mares. Continentes compostos por um amálgama de complexidade mineral que inclui fragmentos imemoriais. Mares formados por rochas fundidas que brotam por uma fenda da crosta terrestre por onde, em lava, os oceanos se renovam em águas juvenis e primordiais. Pensa seu corpo a renascer dessa fissura.

MARIONETE

Mala pronta, a caixa de miniaturas e escritos bem alocada, Ana ajeita, em uma frasqueira de mão, pertences que seguiriam com ela – a blusa azul de sua mãe, o lenço vermelho de seu pai, as alianças dos avós. Continuidades. Objetos inanimados, inertes em sua aparência, que guardam densidades de vida dos que compartilharam seu uso íntimo. Objetos como luzeiros dos afetos marcados pelo tempo histórico. Asperge no ambiente uma essência e observa aquele espaço de intensidades. Não decidiria agora o que fazer com o apartamento. Retomaria à sua rotina. Criara vínculos e construíra projetos do outro lado do oceano. Antes de fechar a porta e passar a chave, como um último aceno, dança como uma marionete que rompe as fitas que a aprisionam e conquista a liberdade. Sua vida como uma amplidão desconhecida a ser visitada. Uma vez mais se lança em travessias de imensidões oceânicas.

Memórias da pele

(CARTA, ANOTAÇÕES E SONHOS DE ANA)

Strasbourg

(2018)

AUSÊNCIAS

Escrevo diante de sua imorredoura presença. No parque, rememoro nosso delicado esconderijo: a singela construção entre flores no pacato povoado. O ar, os pequenos animais. As lembranças despontam preguiçosas e me envolvem com frescor. Em dado segundo, tornam-se imóveis como instantes fotográficos, como uma pausa na dança que destaca uma expressão, para depois seguirem como um fotograma, quadro a quadro, de um filme em edição.

Lembro com clareza das manhãs. Eu sempre a primeira a levantar da cama. Acordava com o alarido das aves ao sinal da primeira luz diurna. Aquela harmonia me convidava a compartilhar o amanhecer que despertava. Pegava uma maçã (sempre a menorzinha) e me dirigia para meu recanto favorito: o banco de tronco, que servira como dormente de trilho da antiga via férrea, e que ficava embaixo da amoreira e próximo da cerca que sinalizava o limite do jardim. Sentava-me ali. Você (sentindo a minha falta) chegava à porta dos fundos e me buscava com o olhar. Aproximava-se de mim ainda cambaleante, e, com brandura, ficávamos ali abraçados, imersos na aragem serrana, a mirar mais um dia de ausências, protegidos pelos arredondados morros que cercavam a casa como que a escondê-la. O mundo inteiro cabia ali. Um mundo que não entendíamos em seus estranhamentos. Pensávamos um pensamento único: nossos avós acordariam, o avô faria café e chá de cidreira enquanto a avó apareceria na janela a confirmar a presença dos netos no lugar de sempre. Depois, pegariam as canecas e viriam ao nosso encontro: "Bom dia, queridos, dormiram bem?" Os quatro permaneceriam ali a sorver pequenos goles em conversas rotineiras sobre podas, arados e alimentos. Enquanto isso... esperávamos. Aguardar era tudo o que tínhamos a fazer. Algum amigo haveria de chegar com notícias ou, quem sabe (esperança vã), eles próprios – a mãe e o pai; a filha e o genro. Ali, naquele vale, nossos olhos se voltavam, furtivos e insistentes, para a porteira.

Quando custo a dormir, penso em nosso abrigo: pequeno, branco, telhado de cerâmica alaranjada, janelas e portas cor de romã, e batentes cor de musgo.

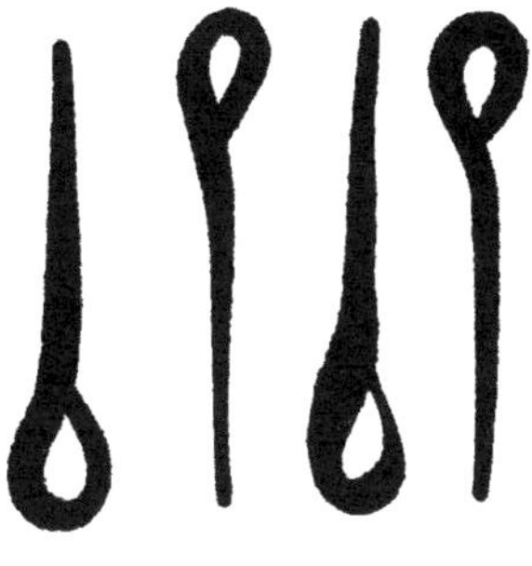

Strasbourg

(2015)

AGULHAS

Sinto leves dores finas, insistentes, como se agulhas se deslocassem a me espetar. Provoco uma gesticulação em sinuosidades na intenção de abaular suas pontas e minimizar o desconforto.

ARGILA

Sonhei com argila, um monte de argila úmida. Modelava algo. Pegava porções em quantidade e as espalhava em mim pelo prazer do toque da aspereza arenosa. Fazia-me uma escultura. Tornava-me uma casca ressecada pelo vento (escultor cúmplice). A secura se esfarelava em grãos que se desgrudavam e permaneciam suspensos no ar até pousarem na terra fértil. Ou a terra seria estéril?

OSSOS

Tenho treinado expandir meus ossos e respirá-los. O ar percorrendo as vértebras, espaçando-as. Flutuo, suspensa no ar. O esqueleto aerado me permite pairar. Sonho que estou de olhos vendados e caminho solta, sem chão e sem uma teia elástica onde eu possa me largar, precipitando-me sem perigo no abismo.

Lembro-me de pensar quando menina: Será que os dois viraram pó ou será que sobraram os ossos?

APOIOS

Inclinar o dorso em diferentes direções apoiada nos dois pés; dedos abertos permanecem grudados ao chão. Experienciar o limite do equilíbrio. Encontrar pontos de estabilidade. Experimentar o ápice da inclinação antes de se deixar cair, e, num átimo, retornar à vertical e não ser tragada pelo sorvedouro.

NEBLINA

Meu corpo alongado, feminil e volátil, me liga à terra por onde escoa o tempo fugidio e denso que se espraia em fatos, afetos e sentidos. Sentimentos antagônicos me levam a um vagar em neblina, ativado pelo hiato da infância que nos parecia infindável e indecifrável.

MEDO

Notícias das fronteiras. Eu as busco querendo saber, querendo não saber. Onde você?

O CAVALHEIRO

Após caminhar, parei em um ponto a aguardar o ônibus. Foi quando se aproximou de mim um homem de cabelos brancos, perna a mostrar curativo. Em voz quase inaudível, pediu-me uma esmola. Fitei-o com ternura. Ele sorriu, estendeu-me sua mão em busca da minha e, em atitude cavalheiresca, beijou-a.

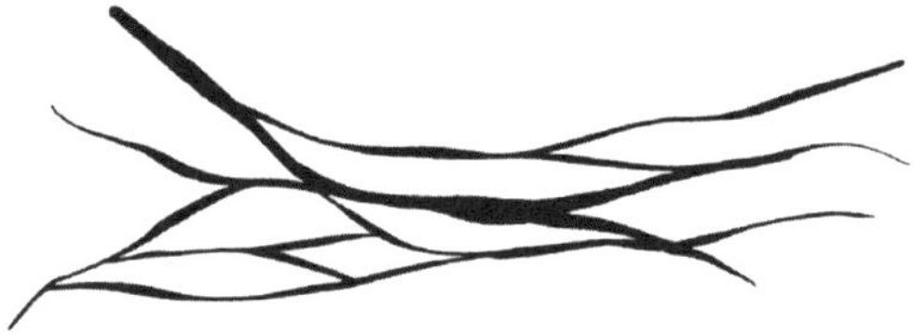

PÊNDULO

Sonhei com meu coração. Veias, artérias e válvulas. O músculo rei, pulsante, a bombear meu sangue pelos veios rubros em um ritmo que se intensificava. Uma quentura me tomava de assalto, evidenciando uma Ana em tom carmim. Meus pulmões vieram ao encontro do meu eixo e, conectando-me ao curso de água diante do qual eu me encontrava, me trouxeram o fôlego necessário para que eu não sucumbisse sem rumo, tresvariada. Conscientemente, deixei-me transportar pela fluência sanguínea e pelo ar que em mim circulavam, buscando uma estabilidade pendular. Nivelada na oscilação do pêndulo, reconheci os remoinhos que habitam em mim. Aprendo, então, que eles girarão imorredouros em ondulações contínuas, descontínuas e arredondadas, e que minha rotina será escapar da voragem.

ÂMAGO

Busco o âmago do gesto. O detalhe mínimo e relevante com relevo e limpidez. A retração e a expansão me faz tecelã de uma urdidura composta por diminutos deslocamentos e torções do corpo.

Fragmentos

(CARTAS DE ANTÔNIO)

Mediterrâneo

(2016)

Entre acampamentos de refugiados, Antônio testemunhava o caos. Documentava insone a história dos que se arriscavam em travessias. O desespero, o medo, a força da sobrevivência e a ânsia por acolhimento. Fazia-se urgente registrar, entre mares revoltos e barreiras farpadas, a obscuridade da segregação. Narrativas em denúncia e resistência.

Strasbourg

(2018)

Ana manuseia as cartas de Antônio. Lê e relê o que pega ao acaso. Conecta-se à pulsação sanguínea do irmão.

(---)

As tendas rotas se multiplicam a cada dia (---------------) A paralisia dos dias me desespera (-------------) A urgência de soluções se perde no descaso (------------) (---------) Minha câmera revela o inconcebível. Fotografo mãos, pés, braços, dorsos, olhos; olhares de temores e desejos. Registro exílios de fuga, seres apartados da cultura dos povos a que pertencem. Retrato o aguardar perene; os atos rotineiros que nos fazem humanos e que emergem de nossa humanidade. Sim, na penúria e no medo, nos irmanamos imersos na insanidade e na barbárie, também humanas. (------------) (----------) Escrevo e gravo com avidez o que ouço de suas bocas. Vidas constituídas por lutas incessantes em busca de um lugar onde pudessem construir futuros. Fotografo poros, superfícies cutâneas distintas em suas texturas e tons. Destaco a exterioridade dos corpos que expõem e denunciam seus rasgos internos. Documento os rastros do fosso e do espesso de cada ser. Componho um mosaico que dissolve os limites das fotografias. Crio um solo único; uma umidade em terra seca. (------------) Vivo em alerta como se fosse (ou pudesse) captar as vastidões das almas, a agonia instaurada pela necessidade do desterro. (------------) (------------) A angústia é minha companheira. Sonhei que caminhava por um terreno sem montanhas, sem referências, sem localização possível. Somente o céu como guia. Céu que me levou até a serra quando nos deitávamos no campo macio e as estrelas pareciam estar ao alcance de nossas mãos. Esticar o braço e... (------------) Lembrei-me do chão gramado onde brincávamos. Busco-o sempre nesta minha persistência em andar e olhar. (-------------) (-----------) Aqui, tão longe de casa, tão sem retorno possível, um hálito me sopra um acalanto que reproduzo baixinho. Tento buscar vestígios da voz que canta pra mim: você, a avó, o avô ou talvez... a mãe ou o pai. Feridas que me corroem e me enraivecem. (------------) Amo uma doula. Vivemos uma paixão ardente e atormentada, trespassados pela dor do assombro. Do ambiente febril das barracas em territórios ao abandono. Os partos são muitos. Não param de chegar mulheres grávidas ou que engravidam, em seu êxodo, por desejo ou por violência. A vida segue no caos, entremeada por canções de adormecer. Apesar do estado duradouro de emergência, as crianças (que são muitas) inventam brinquedos improvisados com sobras e com o que a natureza local lhes oferece. Em várias ocasiões, nos deixamos levar por elas. Outro dia, preparamos uma corda tensa à semelhança da que montávamos entre os troncos das árvores altas. Lembra? Alguns adultos vieram nos ajudar. Brincamos juntos como equilibristas e rimos. Vi-me ali ainda pequenino com você, com a avó e com o avô, em nosso refúgio de tensa paz. Lampejos, frações de tempo em um jogo de peças sempre incompleto. (------------) (-------------) Vendei meus olhos. Caminhei... Parei em pé... Sentei-me a escutar distâncias. Eu e meu ouvido decifrando sons. Tomado pela audição, identifiquei um idioma singular com tonalidades, modulações e variações em uma melodia que incorporava falas, pausas, passos, objetos em manuseios. (------------) Na mudez que se espraiava, uma mulher embalava seu bebê com uma canção de ninar. A força de seu canto e a amplitude da voz foram embalando a todos. Um momento de plenitude se expandiu pelo abarracamento. De forma gradual, como os dias que nos atravessam, uma a uma das criaturas amontoadas em uma morosidade eternal iniciou um cântico próprio que se compôs ao daquela mãe. Mantras aproximavam distâncias. O coro ganhou volume como uma substância sonora única de lamentos e desejos de vida.

(---)

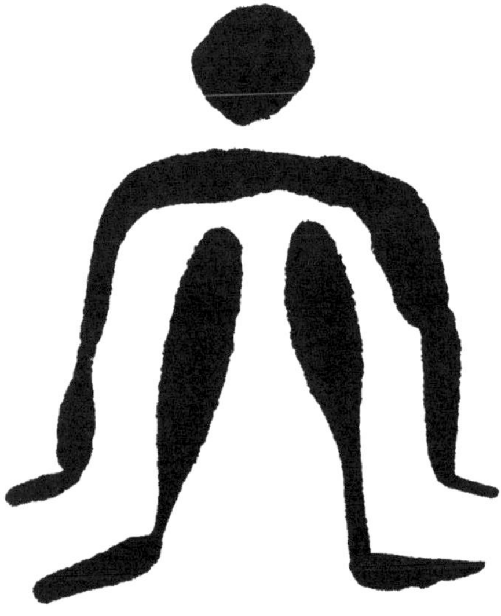

(a última carta)

Ana, querida,

Ontem, a noite despertou sem estrelas em um céu imenso e misterioso. Uma grande fogueira foi acesa e suas labaredas alcançaram alturas. Saudades de seu colo cálido. Lembra quando eu custava a adormecer? “Mana, você está acordada? E se esse aperto no peito não for embora nunca? E se esse buraco sob os meus pés acabar por me engolir?”

Sonhei com um pequeno bote que, ainda distante da margem, adernava com o peso de muitas pessoas. Uma mulher com um bebê no colo olhava na minha direção e gritava. Sem pensar, me atirei no mar, nadei em direção a ela. O bote adernava... Adernava.......
....

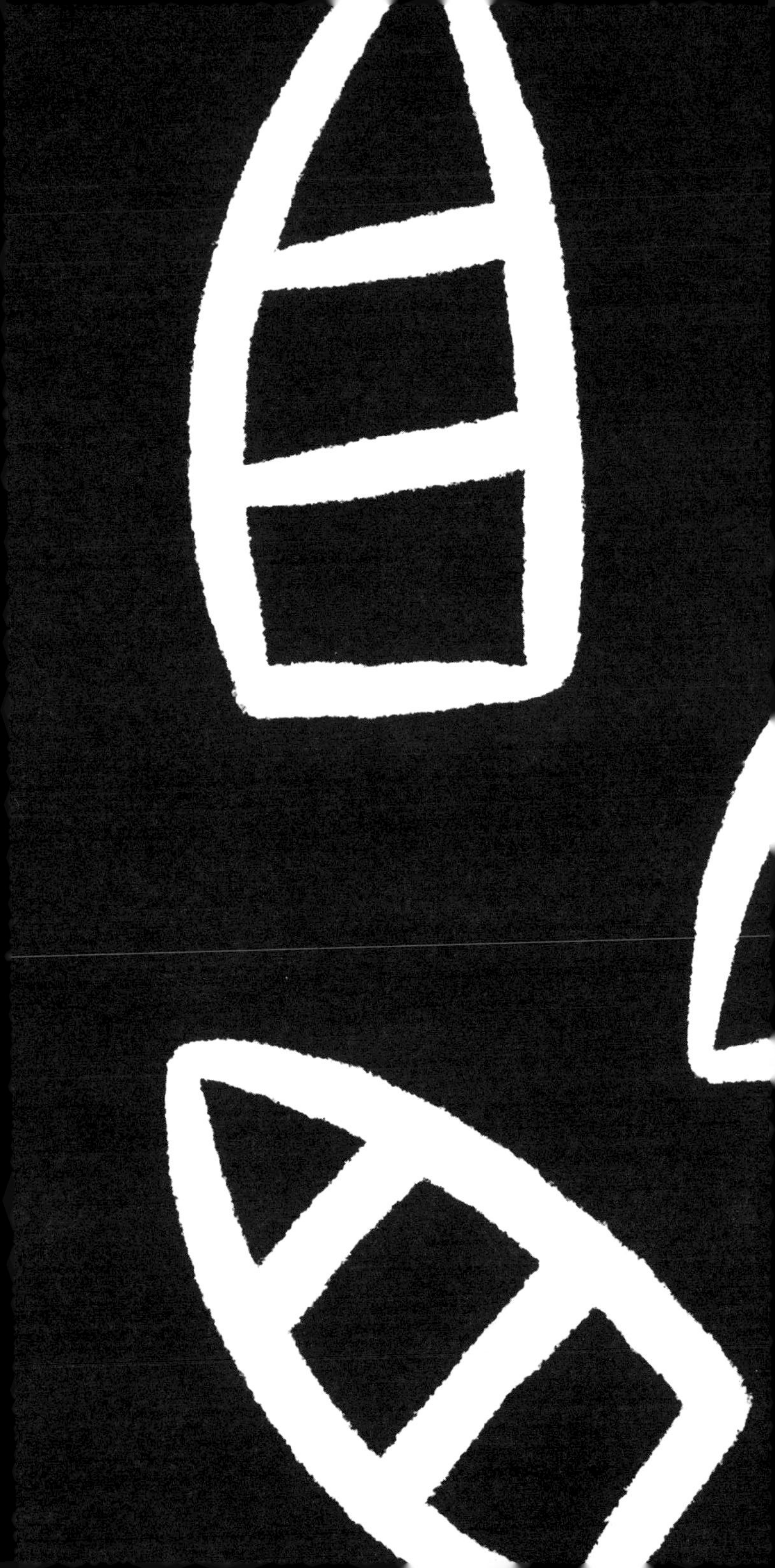

ANIMA

Mediterrâneo

(2016)

Sob impacto irreversível, Antônio ansiava por uma longínqua terra onde o encontro seria festa.

Stuttgart

(2016)

Antes mesmo de pedir algo quente para beber, seu celular toca. É uma amiga de Antônio. Ana ouve o que ela diz: *Antônio e alguns poucos companheiros avistaram botes clandestinos repletos de gente. Um deles, ainda bastante afastado da margem, começou a adernar com a agitação e o sobrepeso. Quem ainda tinha forças saltou para nadar. Antônio viu uma mulher com um bebê no colo, paralisada. Seus olhos em fadiga, aflição e súplica. A embarcação virou. Antônio se lançou ao mar com braçadas rápidas na direção da mulher grudada à criança. Afundaram. Ele mergulhou para tentar puxá-las para cima.*

Ana viaja, busca informações que chegam dúbias. Aciona amigos e instituições. Em vão. O corpo do irmão não foi encontrado. Ana não se despede de Antônio.

França-Alemanha

(2018)

Ana caminha na avenida onde recebera a notícia sobre Antônio. Busca a voz da mulher árabe. Ao longo dos dias, no espaço livre de tarefas, estudos e trabalho, Ana lê trechos de cartas e cadernos. Mergulha nesse mundo compartilhado com o irmão e se nutre para avançar em expressões gestuais.

Ana é a que resta viva de seu pequeno núcleo familiar. A memória do afeto prosseguiria para além dela, perduraria na dança, em uma coreografia do presenciado. O sensível deveria ser aguçado em seu limite e em sua extensão conectora.

Parceiros de pesquisas trabalharam na montagem de uma apresentação de teatro-dança. O texto, construído a partir dos escritos dos irmãos, integrava-se às projeções dos desenhos espiralados criados por Ana e das fotografias de autoria de Antônio. A sonoplastia, montada a partir de canções em diferentes idiomas, acionava as cenas interpretadas pelo conjunto de atores-dançarinos e pelos solos de Ana.

Após um sono reparador, Ana se estira em um espreguiçar que busca alturas. Procura, entre a coleção de vinis, as canções que ela e Antônio gostavam de ouvir juntos. Lembra-se de quando dançavam na sala planejando voos. Uma dança de integração. Dança una.

Escreve um bilhete que não mais precisará de correio para chegar a Antônio.

“Estou saindo para o teatro. Dançarei o meu novo solo como um tributo a nós, irmãos, e à vida fraterna entre os povos desta terra.”

Sai e segue seu rumo. Gosta de chegar cedo e de estar sozinha no teatro. O palco: espaço aberto sem limites. Sua parte Antônio observa as ruas. Na entrada, um cartaz anuncia: ANima.

O palco em silêncios. Antônio está presente. Seguem juntos em sonhos sem fronteiras. Ana aquece a musculatura. Alonga-se. Gira em rotações as articulações. Abre as costelas para que o ar se espraie a encher os pulmões. Respira todo o corpo. A pele como um sensor. Inicia os primeiros movimentos.

ANa dança ANtônio.

)((((((((((((((((((((((((((((()))))))))))))))))))))))))))))(

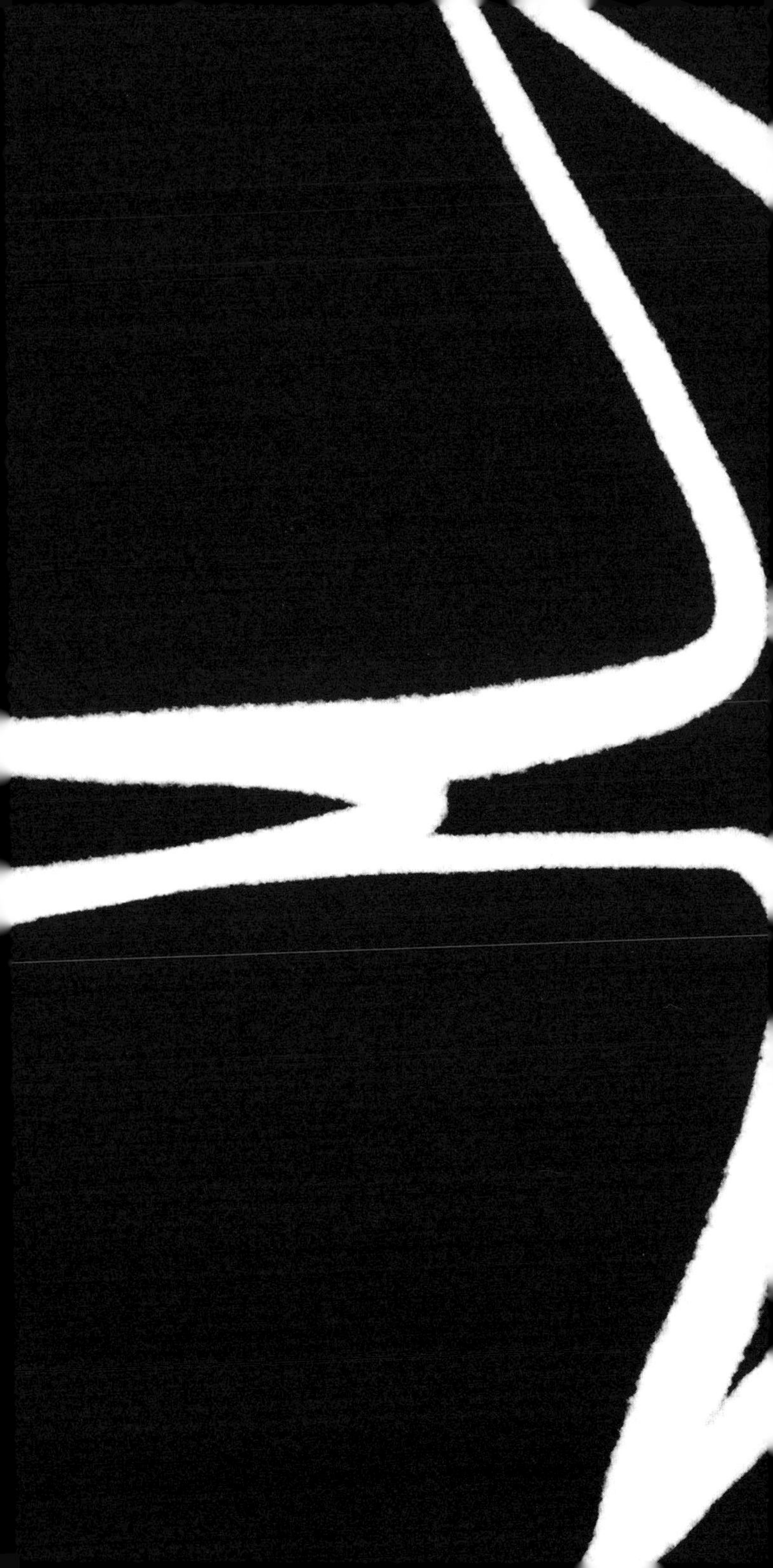

Ventos de afeição

(CARTAS DE DEPOIS)

Pelo ar
(no bico de um pássaro)

CARTA DE MELINA PARA ANA

Tempo para uma boa chuva
(como um desejo)

CARTA DE NATHERCIA PARA ANA

Através das águas
(em uma garrafa)

CARTA DE LAURA PARA NATHERCIA

Pelo ar
(no bico de um pássaro)

DE: Melina

PARA: Ana

Ana, querida,

há tempos não nos falamos. Os ventos da vida seguem embaralhando os dias. Escrevo de forma breve entre cidades.

Quero lhe contar sobre Ayana. A cada dia, vejo-a mais parecida com Antônio. Nos gestos, na inflexão da voz. Está sempre a desenhar. Cerca-se de lápis, canetas, papéis e registra sua leitura do mundo e a busca de sua inteireza neste caminhar nosso entre fronteiras. Acompanha-me atenta nos partos, aprendendo como ser uma doula. Qual será seu caminho quando puder seguir independente, o tempo em ciclos nos dirá.

Soube de sua próxima apresentação no teatro. Tentaremos ir ao seu encontro em Strasbourg. E, então, nós três nos abraçaremos mais uma vez e rodopiaremos juntas pelas ruas como fizemos da última vez.

Com ternura,

Mel

Deste lugar onde agora estou, 23 de abril (   )

Tempo para uma boa chuva (como um desejo)

DE: Nathercia

PARA: Ana

Olá, Ana,

neste convulso ano de 2019, sinto uma inquieta vontade de lhe escrever. Escrevo cartas desde menina. No livro *A casa e o mundo lá fora: cartas de Paulo Freire para Nathercinha*, conto sobre minha infância e sobre a minha correspondência com o renomado educador, via correio aéreo, entre os anos de 1967-1969, período presente na narrativa (entre) na qual você se faz viva. Nem tanto tempo se passou e as sombras avançam no Brasil e no mundo com amplitude e rapidez assustadoras.

Porém, associada ao sombrio na constante perspectiva da luz, o que move esta conversa epistolar é a feitura da história em que você e seu corpo feminino se movem.

Você nasceu como uma personagem após uma conversa com Laura van Boekel, amiga e gerente editorial do Grupo Editorial Zit. Em minha prática profissional, meu foco interdisciplinar sempre foi a infância. Na ocasião, conversávamos sobre meus textos quando ela me lançou um desafio: "Será que seus escritos e seu estilo não dialogam com os leitores adultos?" Coincidentemente, minha irmã, Edith Lacerda, já havia me sinalizado sobre essa possibilidade. Aceitei o desafio e passei, então, a pensar nos meus tantos esboços parcialmente estruturados. Um pequeno texto em particular se destacava dos demais:

TECIDO CERZIDO

A bordadeira sonhou um poema:

Bonecas de pano, joelhos ralados,
prantos sem fim. Vestimentas,
acidentes, descasos. Sustos, surpresas,
permanências. Divertimentos, paixões,
sofrimentos. Mão, agulha e linha em
gesto de cerzir. Um cerzir prismático
de ângulos insuspeitos. O pano, a
pele, o invisível tecido das pulsações.
Texturas; sutilezas; inesperados.
Cerzir intenções e intuições. Tecidos de
cicatrizes e invenções expõem rupturas,
esgarçamentos e fluidez. Bainhas
desfeitas, rasgos, cortes de onde
vertem água, sangue e perfume, exalam
humores e desejos de união e solturas.
O tato percebe costuras, pontos onde
a linha se faz frágil, nós frouxos
e bem atados; amarras que sufocam;
arremates que freiam fluxos; laçadas que
reparam danos; gestos que intencionam
princípios; levezas em alinhavos por
onde se respira. Amalgamadas tessituras
formam uma extensa urdidura. Amplo
tecido a cobrir a terra.

Ao acordar, bordou no vestido o sonhado, vestiu-o sobre a pele nua e saiu à rua.

Passei dias com esses versos como um ritornelo, até que a bordadeira foi adornar suas linhas no tecido textual sob o título provisório "O menino e os títeres". Texto ainda fragmentado, com personagens e costuras indefinidos. Essa estrutura e título haviam sido pensados para retomar breves escritos da minha juventude em que eu relatava sobre os curiosos homens, rotos em seus trajes e aparências, que eu via pelas ruas da zona sul do Rio de Janeiro em meu cotidiano, mas que, para além do absurdo do abandono social, me encantavam com seus fazeres e intervenções na cidade. O menino fazedor de títeres, afetado pela realidade das esquinas, apontava indícios de uma trama a ser desenvolvida. Ele, então, seria o personagem principal. Porém, que sussurros a bordadeira me segredava? Resolvi seguir a mão da artesã observando seus movimentos entre palavras e temas. Simultaneamente, nos anos de 2016 e 2017, a cidade onde sempre vivi, assim como outras cidades brasileiras, voltou a ser palco de inúmeras manifestações populares, diante do turbulento cenário político do país. A tensão deflagrava ecos de um passado obscuro que muitos entendiam como enterrado, apesar de não clareado em seus desmandos e atrocidades. Com base nessas conexões, quatro pistas se apresentaram a mim com clareza: a mulher, o menino, os títeres e a cidade.

Passei a conviver com essas pistas-setas em minha rotina que inclui as aulas de balé que faço desde os 20 anos. O corpo sensitivo e expressivo sempre teve um lugar de importância na minha trajetória como pessoa singular, como ser social e político. O corpo também presente como casa da anima. Em um dia qualquer desses últimos anos, caminhando pelas ruas na direção da casa onde vivo com meu companheiro de vida, encontrei a chave que eu procurava: o corpo feminino. E assim nasceu você como uma *performer* da dança se recriando a partir de dores vividas, ativadas por perdas afetivas que deflagravam feridas abertas.

A água é o elemento que brota de forma contínua do âmago do texto. Talvez, sem definir a priori, eu tenha intuído, e depois decidido, criar um corpo narrativo aquoso que atravessa as páginas contando uma história indivisa, para além dos fragmentos internos dos personagens e das frações que compõem o próprio texto. Uma unicidade fluida entre você, Antônio e a narradora.

Os cenários emergiram entre águas. Os rios e os mares, em suas águas doces e salgadas, sempre estiveram em mim e ao meu lado. Além de sempre ter vivido em uma cidade banhada por lagoas, rios e mares, meu companheiro de vida e uma grande amiga são oceanógrafos e trazem para perto de mim as profundezas do mar.

Cenários de afetos e tempos históricos se entrecruzaram como um jogo de peças a ser montado. O Rio de Janeiro (minha casa), Strasbourg (onde estive nas margens do Reno em um início de primavera) e Stuttgart (onde ouvi a linda voz da imigrante a esmolar no frio). A casa da serra, na região de Valença, no Estado do Rio, inspiradora de cenas, é da mãe-avó de duas grandes amigas. Um lugar querido, marcado por encontros fraternos cercado de flores. A elas agradeço nas primeiras páginas.

Durante a escrita, instantâneos de filmes, trechos de livros e gestos rotineiros em dança me visitavam e instigavam. Memórias do sensível e do sensorial que conversavam comigo, com você ou com Antônio. Compartilho algumas delas.

A imagem do menino cego que se desviava de seu caminho levado pelos sons da cidade localizada em uma fronteira do Irã com o Tajiquistão, no filme *O silêncio*, de Mohsen Makhmalbaf.

O vento, o som do mar, as extensões de terra dos filmes de Paschoal Samora – *Mar de dentro, A chave da casa e Ao sul da paisagem.*

Cenas de dança, movimentos experimentais e gestos de intensidade expressiva nos filmes: *Olmo e a gaivota*, de Petra Costa e Lea Glob; *Em três atos*, de Lucia Murat; *Pendular*, de Julia Murat; e *Pina*, de Wim Wenders.

A música em um campo de guerra onde um soldado, tocador da harpa, tenta evitar um massacre, no filme *A harpa da Birmânia*, de Kon Ichikawaonde.

Os livros de fotografias *Região dos desejos*, de Hugo Denizart, que revela o isolamento dos que viviam segregados na Colônia Juliano Moreira, e *Histórias do não ver*, de Cao Guimarães, que deflagra o quanto estamos cegos para a totalidade de nossos sentidos.

Ainda sobre o olhar, o filme *Janelas da alma*, de João Jardim e Walter Carvalho, com depoimentos de personalidades das artes, com diferentes níveis de deficiência visual, reflete sobre o ato de ver (ou não ver) o mundo.

Em mais um filme, destaco o depoimento de Mia Couto em *Língua: vidas em português*, de Victor Lopes.

> *Estamos na ilha de Inhaca. Este lado traz, quase simbolicamente, a ilha dos portugueses como se fosse uma espécie de ilha que se possa regressar à sua própria origem. Separando essas duas ilhas, há um pequeno canal. Este é um chão de zona entre marés (...) como se fosse a alma de uma pessoa. Atravessado por estes fantasmas que esburacam este chão que são os caranguejos que, aos milhões, retrabalham o chão que é o meu próprio chão afinal.*

Da longa lista de referências inspiradoras (fontes de ar que dão fôlego ao ato de escrever), cito o belo livro *Treino e(m) poema*, de Kazuo Ohno, n-1 edições.

> *Dancei até o limite do disparate.*
> *É um átimo, um átimo. Tudo não é tudo.*
> *Pode ser um único. Não é tudo. Pode*

ser um segundo, um átimo. Aprender um curto espaço de tempo – é preciso fazer frutificar tudo nesse átimo de tempo. (...) A eternidade em um átimo. (p. 88)

O texto de *(entre)* segue vivo desde que me debrucei sobre ele em 2017, e ele seguirá fazendo-se pelos leitores que desejarem percorrê-lo.

No final do impensável ano de 2018, avistei da janela de minha casa uma mulher jovem e leitora, sentada na esquina, com bolsas pela calçada. Alternava a leitura e a fala solitária como se conversasse com alguém que eu não via. Permanecia ali desde a manhã até o entardecer falando... Falando. Um dia, ela me avistou. Acenei e ela retribuiu o aceno. Essa rotina se estendeu por dias seguidos. Notei depois, que alternava a esquina com uma mureta que ladeava uma banca de jornal. Lia e conversava sozinha(?). Em minhas andanças por livrarias, encontrei-a, (entre) estantes e prateleiras, a refrescar-se e a manusear livros. Com suas bolsas, as palavras publicadas e as palavras proferidas. Quem seria? De onde teria vindo? Para onde iria? Abordada pela jornaleira que lhe emprestava jornais, disse que esperava por alguém que viria buscá-la. Sempre só, segue mais uma andarilha pelos descaminhos do mundo.

Finalizo esta carta sentada no banco do jardim da casa da serra onde escrevi trechos de sua história. Observo ao redor e ouço a passarinhada matinal. Olho na direção da porteira. Revivo o sentimento de espera, desejo e dúvida que me envolveu ao escrever a cena do chá onde você, Antônio, avô e avó têm o coração em suspenso. Daqui, de onde me despeço, vejo uma quaresmeira com suas flores roxas iluminando o canto esquerdo da pequena casa. Os pássaros e os pequenos animais conversam e voejam. Dois bezerros estão próximos, e o sabor da banana-rosa envolve meu paladar. Respiro o ar leve e penso na força transgressora da resistência e na potência da vida fraterna.

Segue a mão artesã em tramas de bordado que chamem tempos para uma boa chuva.

Com carinho,

Nathercia

Rio de Janeiro, fevereiro de 2019.

Através das águas (em uma garrafa)

DE: Laura Pozzana

PARA: Nathercia

Nathercia, querida,

os tempos são turbulentos e muito se passou de outros tempos. Agora, escrevendo, tenho também a impressão de que nos vimos ontem, que estivemos muito juntas ultimamente. De algum modo, os tempos tocados por Ana e Antônio, reverberam com os tempos atravessados por você na escrita intensa e poética deste texto que pude ter comigo em mãos, na pele, na janela de meu computador, no peito, nos gestos, nas diferentes paisagens por onde andei. Um andarilho me dava pistas dos passos dados e não dados, dos diminutos deslocamentos e torções do corpo que nos faziam seguir num processo de repartimento com afeto (entre). Há um tratamento do tempo, no tempo, com o tempo que é de extrema consistência e sutilidade na leitura convocada pelo que fez material em você, por você.

Se, por um lado, digo que o teu pedido por um posfácio não fluiu fácil para mim, digo também que foi como uma fissura sempre aberta (em mim) que me acompanhava como lembrança e anseio. Neste (entre) me fiz. Apostei na sustentação dessa perturbação com confiança que algo dali pudesse fazer germinar inteireza. Hoje, depois de muito girar, viajar a trabalho pelo Brasil, passar umas pequenas férias no Chile, estou aqui. Eis-me no Rio! Percebo que esta carta faz circular com alegria terra, água, fogo e ar.

Teu texto é alimentado por um elã vital, um impulso original de onde emerge a vida em sua evolução criadora, como nos ensinou o filósofo francês Henri Bergson. Dá pra dizer que tudo acontece disparado por essa ANima que aos poucos você nos faz conhecer. Que bela inspiração! Que generosidade desta obra que nos transporta oniricamente se desdobrando em espaços, datas, desenhos e afetos. Como um trançado, ora nos faz ver melhor, ora fechar os olhos num suspiro profundo. Tudo está em seu lugar! E se move com a gente. Trata-se de uma obra literária (sem dúvida) dançável, desenhável e sempre acompanhada de uma trilha sonora que inclui ritornelos, pausas longas e silenciosas. Precioso silêncio que margeia qualquer burburinho, toca o caos e nos vivifica pelas múltiplas e singulares presenças que nos habitam e nos fazem ser o que somos e aquilo que estamos a cada instante nos tornando.

Quem são os espalhadores de pistas dos caminhos que trilhamos? Pergunta que me ocorre não para ser respondida, menos ainda de forma personalista. É provocação (guiada pelo céu) que nos abre perceptivelmente para a terra que nos dá nascimento – cada vez, cada micromovimento. Nos fizeram aprender a valorizar e nos orientar pela otimização do tempo e pelos objetos – humanos e não humanos – isolados de nossas encarnações. O andarilho nos convida ao des-aprendizado desse modo árido de viver. Como ensina Manoel de Barros, o andarilho desfruta da inutilidade e dos restos da cidade para agir poetizando a habitação de um território, do gesto que é movido e ressoa com o que é vivo e nos atravessa de fora. O cosmos é ANimado. Lembro agora da imagem de um imenso cajueiro que você me mostrou anos atrás. Raízes, ramos e caules (cipós) cresciam, ganhavam amplitude voltando ao solo e irrigando-se constantemente: assim o ar circulava sempre (entre).

Estamos (entre) mas vivemos como se fôssemos pontos de partida. A experiência de ler o livro me devolveu - momentaneamente que seja - para este estado limiar onde *dentro* e *fora* não se desposam e dançam com os nossos gestos: assim como nós, eu e você, você e Ana, Paulo e Antônio, sonhos e realidades, cadernos, cartas e fragmentos. A força cartográfica do teu modo de escrever com a pele nos faz pele e potência de criação. Te agradeço por ter sido provocada e colocada neste (entre).

Esta grafia me intriga, intrigou
e fez pensar nesse gesto de colocar
entre parênteses: dentro e fora.

Algo me indica uma aposta metodológica que é muito própria, do encontro singular de Ana, Antônio, você, Rio de Janeiro, Strasbourg, Mediterrâneo, França, Alemanha.

Os tempos são turbulentos, as novas tecnologias e os meios ininterruptos de produção nos sugam energia e chegam a esgotar nossos corpos. ANima? Só criando um mínimo contorno para que a unidade possa se dar e nos fazer brotar em solo único – sem fronteiras, sem o pré-domínio do medo.

Falei de desenho, dança e para terminar te conto que estar com o teu texto e tudo que ele faz sentir e pensar teve uma direção de cura, como era o teatro para os gregos. Ou, como no teatro de marionetes de Von Kleist, me restituiu a inocência (passageira como é – para aqueles que morderam do fruto do conhecimento), fazendo aquietar perturbações afetivas pelo simples ato de encontrar meu próprio centro de gravidade neste cotidiano) c o n t e m p o r â n e o (que nos atravessa corpo e alma.

Parabéns por toda a delicadeza.

Vibro com você (entre) e desejo que muitas pessoas possam desfrutar, perturbadamente (se assim ocorrer) ou calmamente, deste livro.

Obrigada pela participação que pude sentir. Mais do que tudo, a minha carta é uma maneira de fluir hoje. É também uma resposta ao teu convite: entrar nos interstícios que nos conectam com aquilo que é vivo da memória, nossa história tecida entre partidas e chegadas.

Com carinho e um sorriso, Laura

P.S.: Não comentei sobre o tema tríptico – achei genial!

Rio de Janeiro, 11 de janeiro de 2019.

LAURA POZZANA, autora dessa última carta, é doutora em Psicologia pela Universidade Federal do Rio de Janeiro (UFRJ) e instrutora de movimento do Sistema Río Abierto. É autora dos livros *O corpo em conexão* (Eduff – Editora da Universidade Federal Fluminense, 2008) e *Corpo e cegueira* (CRV, 2017), e tem diversos artigos publicados. Dedica-se ao trabalho com seres humanos pela via do corpo, da arte e da clínica.

grupo editorial zit

Primeira edição: março de 2024

Papel de capa: cartão triplex 300g/m²

Papel de miolo: offset 90g/m²

Impressão: Zit Gráfica e Editora